# 사슴 접기

**조효복**

전라남도 순천에서 태어났다.

2020년 『시로 여는 세상』, 2021년 『무등일보』 신춘문예를 통해 시인으로 등단했다.

시집 『사슴 접기』를 썼다.

파란시선 0154 **사슴 접기**

1판 1쇄 펴낸날 2024년 12월 15일
지은이 조효복
인쇄인 (주)두경 정지오
디자인 이다경
펴낸이 채상우
펴낸곳 (주)함께하는출판그룹파란
등록번호 제2015-000068호
등록일자 2015년 9월 15일
주소 (10387) 경기도 고양시 일산서구 중앙로 1455 대우시티프라자 B1 202-1호
전화 031-919-4288
팩스 031-919-4287
모바일팩스 0504-441-3439
이메일 bookparan2015@hanmail.net

ⓒ조효복, 2024, printed in Seoul, Korea

ISBN 979-11-91897-94-4 03810

값 12,000원

*이 도서는 2024년도 한국문화예술위원회 아르코문학창작기금(문학창작산실) 사업에
선정되어 발간되었습니다.

# 사슴 접기

조효복 시집

시인의 말


접는 순서를 지키지 않으면 사슴은 보이지 않고
반듯하고 매끈한 것들은 쉽게 흔들렸다


내가 접어 온 것들에 온기가 돌기 시작했다
멀리 갈 수 있겠다

# 차례

시인의 말

제1부

## 카유보트 따라 하기

화가의 정원입니다
혼자서는 만들지 못하는 소리로 이루어졌죠

그는 투명해진 채 기다립니다
지치지 않고 놓여 있지요 귤처럼요

물방울이 닿는 곳에 소리가 있지요
그곳에서 모양과 색이 생겨납니다
껍질의 기분을 알고 싶은 알맹이처럼
그는 온몸으로 귤이 되기도 하지요

바깥의 소리를 몸에 새깁니다
물그림자 속에 빗줄기를 켜는 화가의 활이 보여요

그곳엔 보이지 않는 물뱀과
아직 태양을 모르는 물이끼와
몸을 흔들 만한 적당한 리듬이 있죠

눈을 감아요
우호적으로 배어듭니다

—   서로의 뒷모습까지 알 수 있어요


바구니 속에서 귤이 물러집니다
포기하고 싶은 공간이지요
나빠지는 것은 아니에요
잘 섞여 갈릴 수도 있어요
파랗게 몰려다니며 물드는 청귤의 시간이 구름 속에 있
어요


세계 바깥으로 흩어지는 과육이란
내리는 비와 같아요


빗방울의 살과 즙으로 정원이 풍성합니다
청량하게 짜낸 햇살이 물을 건너오며
맑은 시트러스 향을 흩뿌립니다


이곳은 비 내리는 예르입니다


—   *비 내리는 예르: 구스타브 카유보트의 작품.

# 어제의 꼬리

식물원에 동물이 있다
후텁지근한 공기가 정글 같다
소리가 나는 방향에는 사람과 동물이 함께 있다

빛이 쏟아지는 대형 창 앞에서
종려나무를 스케치하고 있던 나는 반사된 채 지워지고
밀림으로 들어간다

보이드도마뱀이 떨어트린 나무 열매를 주웠다
그 옆에 잘린 꼬리가 있다
마른 나무토막 같다
몸통만 남은 도마뱀은 웅덩이 근처를 떠나지 않았다
사라지는 것은 언젠가 돌아올 거라 믿는다 종려 잎을 흔
든다

사향쥐가 제 꼬리를 잡고 돈다 숨어서 상처를 핥는다
식물원에선 꼬리를 감출 이유가 없다
아프지 않은 것이 없고

바라보는 일은 만지고 싶은 열망을 가지고 있다

　손을 놓지 않는다는 말은 따뜻한 말일까 감정도 사막화
된다
　가시가 사라진 선인장이 꽃을 피운다
　가짜인 것 같아 만져 봐야 할 것 같다

　아열대 식물원을 나가면 연못 정원이다
　가까운 데서 바라보면 물고기는 물고기로 보이지 않고
　돌아온 것은 언제든 떠날 수 있다 종려 잎이 흔들린다

　나는 어제의 꼬리를 찾아
　야자수 아래 흙더미를 뒤지고 있다
　뒤진 곳을 또 뒤진다
　축축해지면서

# 우린 아직 웃는 법을 모르고

눈과 귀를 접어 주머니에 넣었다
돌아보지 않기로 했다

혼자가 아니어서 너는 춤을 추는 것 같다
단내 나는 흙이 우리를 빨아들였지만
느리게 앞으로 나아갔다

떨어뜨린다
엉키고 더러워진 머리칼을
네온에 물든 갈라진 손톱을
감춰 두고 돌보지 못한 새를

돌아가야 할 길을 만들지 않는다
숲을 향하는 우리의 도주는
축제의 불꽃 아래서 들키지 않는데
우린 아직 웃는 법을 모르고

숲을 꿈꾸는 오르페우스 같다
상상한 것을 의심할 줄 모르고
가야 할 곳을 갈 줄 아는 걸음으로

잎을 문질러 어제의 노래를 되살리며 간다

층층이 쌓인 장작을 뛰어넘어
울타리용 나무를 실은 트럭을 지나
발을 빠트리고 선 허수아비와
기울어진 누각을 돌아 나오면

발을 떼는 만큼 멀어지는 숲
숲이 돌아보는 것 같아 손을 뻗어 보는데
우린 아직 그곳에 닿지 않고 있다

# 달아나는 밑그림

손끝이 마른침을 삼킵니다
떨림이 느껴져요 숨을 참고요

처음은 그래요
점 하나에서 명작을 꿈꿉니다

나는 나를 믿습니다 지나치게
단추는 잘못 끼울 수도 있어요
정해진 구멍을 벗어난 단추의 유연한 사고를 추앙합니다
백지를 마주한 화가의 손을 알 것 같아요

심장이 요동칩니다
바위가 파도 속으로 걸어 들어가요
코끼리의 모습으로
압도적이죠 대자연의 힘으로 소리까지 살아 움직입니다
빛과 구름을 삼킨 물결을 좇다 보면
처음이란 온데간데없어요

혼자 움직입니다
둘이 되었다가 사라져

코끼리 무덤에서 발견되기도 합니다
수수밭 근처 설탕공장에서 검은 연기가 되기도 하고요

되어 가는 느낌은 얼마나 아슬아슬한지
잘못을 들추면서 나는 단단해집니다

바위는 사라진 게 아니에요
다른 무엇이 될 그 순간을 기다립니다

약속 없이 우린 만나는 중이고
어딘가에서 무엇으로 계속 태어나는 중입니다

# 메아리박물관

어느 곳에서 걸어 나온 발자국일까
도시 입구에서 끊어진 메아리에서는
숨은 동물의 움직임이 느껴져

소리를 잃고도 내 안을 서성이는 발자국들

보이지 않는 슬픔을 상상할 때
내 가벼운 심장은 얇아지고
몇 개의 귀가 자라나

너를 크게 그려 두고 읽히지 않는 마음을 찾기도 하지
벽을 통과 중인 뿔처럼

박제된 흉상들이 걸려 있는 자연사박물관

어느 망자의 목에 걸린 뼈로부터 걸어 나온 붉은 발자국
벌목된 숲의 초입을 지나 이곳까지 이어지는데

죽은 이들의 뼈 위로 쟁기를 끄는 안개의 손이 보여
비명처럼 차가운

—

살아 있는 것 같은 주검은 아름다울 수 있을까
보이지 않는 머리 아래에도 영혼이 있을 것 같은데

우린 이곳에서 복원되지 못할 미래를 확인하려는 것 같아
마음이 사라진 아득한 표정들 속에 우리가 보여
기댈 곳을 잃지 않으려는 사라진 하반신 같아

창 너머를 바라보는 산양의 눈 속엔 들소의 발자국이 있지
능선을 덥히는 그 온기를 이해해
죽어서도 감지 못한 눈도 알 것 같아

회벽을 뚫고 푸른 뿔사슴이 걸어 나오고 있어
우리의 발소리가 섞이고

미래를 알 수 없어 뿔을 키우며
방향 없이 몸도 없이
박제된 메아리가 걷고 있어

—

*죽은 이들의 뼈 위로 쟁기를 끄는: 올가 토카르추크.

# 포즈

나는 너의 오래된 여행지
캐리어 속은 온통 색으로 가득 차 있다

오늘의 나를 네가 결정한다
무엇으로 태어나야 할지
어디에 있어야 할지

우린 서로를 빠르게 읽을 줄 안다
국경을 넘는 사람들 같다

드네프르강에 비친 붉은 달에서
도망자의 발목을 감싼 모슬린 조각을 본다
안부로 남은 흐린 글자들을
웅크린 여인들의 하얀 공포와 천사의 질투를
우리의 시간은 다르게 흐르지 않고

무엇을 그려도 너일 수밖에 없는

몸 밖의 색으로 몸 안의 말을 읽는 사람
지친 어깨에 팔을 감고

이제 막 국경을 벗어난 집시의 춤을 추는 사람   —

유목의 구릉이 펼쳐진 곳
목책 너머 일렁이는 노을을 부르는 사람
온통 붓이 되어 색으로 흐른다

프레임을 모르는 우리는
배경의 안과 밖을 떠돌아 수소문할 수 없고

숨겨 둔 변방이 팔레트 위에서 굳어 간다
나이프로 살짝 걷어 내면 온기 흥건한 색들

호수가 생겨나고 누운 벌판이 초록을 불러 세우는 곳
숲 그늘에 잠든 푸른 나신이 된다

# 플리마켓

— 　열지 않는 서랍처럼
　들여다보지 않는 감정이 있다 잊어버려서
　사라진 표정들은 곳곳에서 만나기도 하는데

　건기의 동물들이 불려 나온다
　먼지구름이 몰려온다
　땅은 너무 많은 발바닥을 가져서 풀은 자라지 않는다
　진짜일 필요는 없다

　인형의 머릿속엔 똑같은 머리가 여럿 들어가 있다
　나쁜 기억을 가지고 있다
　살점을 내준 담비를 볼 수 있다
　개구쟁이 은여우의 목젖도 볼 수 있다
　잘 말린 사슴 고기와 엘크의 비명은 특산품이다

　전깃줄에 앉지 못한 새는 친구가 없다
　배가 찢긴 채 발견된 바다거북의 눈은
　알이 사라진 방향으로 돌아가 있다

— 　둥근 몽돌이 기억하는 파도가 가까이 오고 있다

우는 영혼들의 등은 구부러져 있다

빈 상자를 열어 본다
들여다보면 웃게 되는 거울이 있다
이 상자는 농담보다 싸게 팔리고 있다

폴라로이드 사진 속에 있다 갈런드에 네가 매달려 있다
온몸으로 잠그지 않으면 반복되는 후렴구 같다
오르골은 새로운 너를 데리고 오지 않는다

발소리가 크게 들리는 저녁이다
놀이터에 홀로 남겨진 가젤이 사라진다
아름다운 시간이 앞을 보지 못하고 있다

근처에 있다는 것을 아는데 알면 숨는다
찾지 않아야 하는 것이 있다

# 환절기

—      새를 기다리고 있다
이편과 저편 사이
북풍을 머금은 바람 사이
구름다리 가까이 가면
출렁이며 길게 달아나는 공중이 있다

메아리를 삼켜 버린 구름 위로
한 무리의 새가 지난다
새들은 내게서 멀리 돌아 나갔다
이명이 왔고 빈 둥지가 되었다

꽃나무를 옮겨 심지 못했다
자리를 옮기면 쉽게 죽는다고 해
나무를 길들이기로 하는데

그늘 깊은 나무는 새를 모르고
마른 잎이 죽어 가는 말처럼 그늘을 넓혀 갔다
열매는 없고 새소리는 멀었다

—      팔월의 창은 열리지 않고 습했다

장마가 길었고 불면의 수초가 엉켜 함부로 자라던 여름

꿈에서 나무는 거대하게 자라나
땅을 뚫고 올라온 뿌리는 갈 곳이 없었는데

흙이 들썩이고
솟아오른 꽃에서 새가 태어나고 있었다
노을 또한 붉은 새들을 뱉어 냈다

구름다리에 서 있다
나는 가볍고 아직 공중을 모르고 하늘을 보고 걷는다
어디에도 닿지 못한다

# 사슴 접기

이제 막 불을 켠 저녁의 공방은 외딴섬 같다
물가에 나갔던 사슴이 안을 들여다보듯
조명이 켜진 동물 인형들이 밖을 향해 있다

색색의 종이가 펼쳐진 자작나무 작업대
기울게 접힌 내가 있다
완성이 먼 사슴 같다
홀로 남아 나는 환하고

혼자라는 말을 접으면 둘이 되고 넷이 되고 점점 단단해
지고
밤에 반짝일 줄 아는 나는

무너지지 않는 조형물이 되고 싶었다
뼈대는 약하고 덧댄 말들은 무거웠다
조금만 건드려도 쉽게 흔들리는 결심들

창에 이마를 댄다
북적이는 저 상점들은 잘 다듬어진 완성품 같아
울타리의 경계를 풀고 각자의 저녁을 향해 뿔을 기울이는

사슴들

　쫓기듯 길을 건너는 하루가 휘청인다 사슴은 무너지지 않고
않고
　네발로도 나는 공방 구석으로 밀려나 있다

　작업대 아래 몸이 사라진 사슴이 펼쳐져 있다
　가늠하고 뒤돌아보기 위해
　여분을 넉넉히 남기고 접는다
　초식의 되새김처럼 느리고 단단하게
　웃는 사슴의 아랫니처럼 가지런하게

　뼈대를 잇고 잘 말린 몸을 세운다
　피가 돈다
　나는 나를 켠다

# 오후 건너기

어른거리기 위해 무성해집니다
물그림자가 흔들립니다
연못 속으로 기억을 떨어트리면
나는 잘 보입니다

추위도 없이 얼어 버린 호수를 기억합니다
내 반영을 읽지 못하는 계절을
큰소리로 나를 쪼개며 밀어내던 갈라진 물의 얼굴을

뼘으로 가늠했던 거리가 멀리 물러섭니다
손끝의 저편이 아리고 아직 먼 상처입니다

함부로 첨벙거리지 못하고 있어요
나는 아직 마르지 않은 맨발입니다

물이 말을 건네옵니다
건너의 풍경을 그리는 나처럼
수초들의 뿌리는 물결의 손을 놓지 않고 있어요

미래는 나를 궁금해하지 않아요

떠 있는 것들을 보지 않지요

젖은 발이 건너갑니다
물 위로 자꾸 떠올라요
생각이 물 안으로 뛰어드는 한낮입니다

집요한 생각들은 왜 익사하지 못하는지
나는 나를 설명하기 위해 일렁입니다
흐르지 않고 물 위에서 변주됩니다

# 우산 펼치기

전화를 할 때마다 비가 쏟아졌다
밤낮으로 걸었으므로 우기였다
골목 안에 오래 서 있었다

예보는 자주 빗나가서
우산을 준비하지 못했다
어긋난 날씨는 짐작이 어려웠지만
나는 믿는 일에 한결같았다

골목이 잠겼다
여름이니까 괜찮다
쉽게 찢어질 수 있다고 해도
나는 떠오를 것이고 잘 마를 것이다

보이지 않던 얼룩에 물이 고이고
웅덩이 안으로 검은 새 떼가 날아들었다

펼치지 않은 비옷은 가방 속에 있고
비와 햇빛 사이를 오가며
나는 녹을 흘리고 있었다

아무것도 아닌 감정들로 흐려진 이름들이 주소록에 남았다
전화벨이 울리고
어느 곳의 우기가 나를 불러 세우는지

비가 내리고
창 닫히는 소리
난간에서 사라지는 얼굴들

비에 잠겨 손목을 잃어버렸다
젖지 않은 사람을 향해 헤엄쳤다

# 버드 워칭

갯벌 앞에 서면 나를 잊는다
물을 품은 벌판 앞의 나는 아득해지고
바람에 섞인 목소리는 빠르게 북풍이 되는데

바람을 등지고 서서 그림자놀이를 한다
갈잎처럼 날리는 나는 붉은 칠면초와 갯부들이 되고
바람과 보낸 시간은 더없이 좋았는데

억새가 엉키며 길을 지운다 나를 지운다
최선을 다해 지워진 내가 있다
네가 떠난 만큼 발을 뗀다
놀란 기색을 하지 않으려 몸을 접으면
무릎까지 차오르는 네가 있다

먼 이역의 풀숲에 네 울음을 감추고 돌보았다
눈물을 다독이던 말은
잘라 내도 자라나 바람 앞에서 사라지곤 했는데

습지를 긁는 수로의 발바닥을 나눠 가졌다
한 방향의 꿈을 꾸며 오랫동안 대열을 맴돌았다

무중력 풍경 속 펼쳐지는 군무는 내 것인 적이 없는데

네 여백 위로 날아오른다
긁힌 자리는 아물지 않고
수로에 흘린 깃털들로 나는 길을 잃지 않을 것이다
해가 없어도
안부가 닿지 않아도
돌아와 억새의 심장을 붉게 물들이며 흔들릴 것이다

온몸으로 허공을 붙든다
바라보는 일이 전부인 나는 들키지 않고 있다

# 표류

오늘
밤의 눈동자는 꺼풀이 없다

잠에서 멀어진 사람들이 복도를 오가고
되비치는 창 안엔 복제된 여럿의 내가 있다

우리는 언젠가 만났던 사람
수국이 환한 매표소에서 밤늦은 광역버스 안에서
편의점 유리문에서 눈동자 안에서
악몽이 되어 버린

같은 통로에 짐을 부린다
주렁주렁 매달린 기도가 혈관을 따라 돌고

허기에 물린 사람들이
모여 앉아 무른 밥을 먹는다

어제보다 가까워진 등에 기대
슬픈 방문객을 뒤로하고
같은 복도에서 같은 자세로 걷는다

세면장을 통과하고 휴게실을 통과하고
앳된 간호사를 통과한다
눕지 못한 잠은 반복해 되감아도 깊지 못하고

내일을 잃지 않으려는 사람들이 공원을 돈다
밤에 어울리는 사람들
돌고 또 도는 곳으로 생겨나는 방향 끝에는
몸을 누일 곳이 있을 것이다

새로 깔린 우레탄 바닥처럼
밤낮을 잃은 슬리퍼처럼 눈을 감고도 깨어 낡아 갈 것이다

# 횡단

가야 할 곳이 있는 것처럼 공중을 떠도는 눈
창틈으로 날아들더니
생을 등진 시신 위로 내려앉는다 눈은 흔적이 없고

응급실에 실려 와 주검 옆에 누웠다
탈진한 몸을 누인 침상은 유독 차가운데

죽을 만큼 아프다는 말은 얼마나 가까운 말인지
한낮의 눈보라는 불길하고
엉켜 버린 통증으로 나는 무력하다

나란히 누운 생과 사
내게도 내리는 눈
생사를 횡단하는 눈

흰 시트에 덮인 주검은
어떤 시간에서 발을 빠트리고 차가워졌을까

괜찮을 거라는 마음 한쪽이 바짝 쪼그라든다
구름 낀 날씨의 눈은 유독 환하고

고립된 난 눈과 함께 점점 더 얼어붙는데

눈이 오고 있다 뼛가루가 날린다
분쇄되어 날리는 톱밥 같다
뜨거운 화구에서 꺼낸 흰 눈은 녹지 않을 것이다

나는 산 것인지 죽은 것인지
한기에 끌어와 덮은 시트가 망자의 것인지 내 것인지

그의 발이 내가 누운 침상을 저만치 밀어 둔다
넉가래로 눈을 치우듯
이틀 치의 약을 먹고 귀퉁이로 치워진 나는 차츰 녹고 있다

제2부

# 릴레이

여름밤이 강변에 몰려 있다
그림자가 끌고 가는 그림자들
산책로는 길고 앞뒤를 알 수 없어
오지 않는 잠 같고

걷거나 뛰는 사람들을 따라 걷는다
불빛 아래 사람들은 모두 비슷해 보이고
아는 사람 같아 돌아보면 아는 어제가 보이고

꿈도 되돌아오는 지점이 있다
속도가 붙은 걸음을 늦추고
가야 할 곳을 아는 사람들이 돌아선다

뒤따라오는 제 영혼이 궁금한 인디언처럼
돌아선다
조금 떨어진 곳에 다리를 끄는 왜소한 내가 있다

캄캄한 교각엔 긁히고 파인 낙서들
의기소침한 암호와 무수한 파이팅과 저주들

우리가 끌고 가는 이 밤은
힘겹고 무겁고 갈라져 속도를 모르는 이 밤은
멈추지 않고 죽지 않고 눈을 뜰 준비를 하고 있다
아침을 두려워하지 않는다

나와
나를 뒤쫓는 나와
보이지 않는 무수한 나는 그림자가 아니었던 적이 없는데

크기를 가늠할 수 없는 밤 짐승이 뛴다
어제를 넘겨받은 지금이 앞을 보고 뛰고 있다

강가에 엎드린 어둠이 숫자를 센다
하나 둘 셋……
아무도 깨지 않는 내일이 오고 있다

# 선인장 테라스

보기에 좋은 마음입니다
당황스러운 건 잠깐이고요
포장지 바깥으로 축하가 넘칩니다

받아 든 꽃바구니에서 붉은 플라밍고가 뛰쳐나와요
마젠타 빛 부리가 꽃을 물고
장식용 리본을 달고 뛰지요
저편의 명랑한 웃음은 여전히 환합니다

이곳은 잉카와시섬이 아니에요 당신이 보입니다
층고가 높고 채광이 좋아 나는 투명에 가까워요
진심이 보이지 않을 뿐입니다

없다는 사실은 더 잘 보이게 하죠
창밖은 소금 사막도 초원도 아닌데
거짓은 자꾸 확인하게 만듭니다

의지와는 상관없이 안부를 물어 옵니다
건네오면 받아야 하는 성의는 오해가 되기도 하는데

날카로워지기로 했어요
이런 고립은 피를 고이게 합니다

강렬한 아이를 낳고 또 낳아서 나를 지켜요
고인 슬픔 뒤에 붉게 터지는 꽃 하나로 충분하죠

돌아선 뒤에 손을 내미는 반칙은
먼저 무너지게 하려는 아이의 놀이 같아
나를 잠그고 나를 듣습니다

가시를 키우며
좁게 구부러진 골목이 전부인 테라스에서
치명적인 그곳을 지웁니다

# 코끼리 씻기기

어쩌다 흘린 나를 주웠다는데
더는 들킬 게 없어진 난
그늘 깊은 집에서 불안을 키웁니다

가만히 두어도 잘 자라는 불안은
어두운 방을 차지하고 누워 귀를 세워요
비좁고 눅눅한 그곳에서 살을 찌웁니다
시간을 퍼먹는 코끼리 같아요

아프고 뒤처지고 싸늘합니다
흙먼지를 뒤집어쓴 것 같아요
사람들은 나를 굴려 소문을 만들지요

커지는 코끼리가 나를 재촉합니다
귀를 세차게 펄럭이고 코를 휘두르고
진흙을 뿌립니다

샤워기를 틀어요 그 큰 몸을 씻어 냅니다
먼지를 가라앉혀요 넘쳐흐르는 기분을 즐깁니다
거품과 함께 미끄러집니다

—

모난 생각들은 어느 만큼 보드라워질까요

코끼리 너머의 코끼리들
밀려나고 숨어 있던 얼룩의 굵은 다리들 무수한 주름들
푹 패인 커다란 발자국을 지우며

크고 무거운 날들이
물 안에서 가벼워지기를
물 밖의 세계가 맑아지기를 바라는데요

—

# 사과 속으로

종일 꽃잎이 흩날렸다
예보는 자주 어긋나서 끈 달린 모자를 샀다
조금씩 내리는 비는 바람을 이기지 못했다

사과꽃 아래는 미소를 만들기 좋아
환한 얼굴들이
길들이지 못한 모자와 소나기를 견뎠다

비가 앞서고
다정한 말이 뒤엉켰다
방향 없이 내리꽂는 빗줄기
목에 매달린 모자와 웃다 만 미소가 이리저리 휘날렸다

살집 좋은 말들이 파쇄기 속에서
몸을 이어 붙이고 나와
나를 휘감는 꿈을 꾸었다

젖은 자리로
새와 벌레가 다녀가고 초록이 만개했다
꽃이었을 때 우린 예뻤을까

—

비를 알 수 없고 열매를 믿을 수 없는 날들
모자에 가려진 미소가 잘못 그려진 울음 같은 날

사과가 자라는 동안
심중이 캄캄한 모자는 그날 내 생각의 둘레를 잊을 것이다

모자가 쌓인다 겹쳐진 채
끈이 없어도 날리지 않는 속 깊은 모자가 되어 사과 속으로
걸어 들어간다
꽃을 알기 위해

잘 말려 둔 모자에 얼룩이 남았다
갇힌 말들이 사진 속에 있다

—

# 종이로 접은 풍경

양손의 엄지와 검지에서 방향이 생겨요
북쪽으로는 눈이 녹지 않은 도서관이
서쪽에는 정원을 갖춘 카페가 있지요

우산이 필요합니다 비구름은 어디에서 몰려오는지
남쪽이라면 꽃비여서 더 많이 젖을 겁니다

색종이를 접어 동서남북을 만들어요
가야 할 곳이 정해진 것처럼
밤의 공원에서 만나기로 한 약속처럼
길을 잃어 가면서 우리는 만납니다

나를 피해 떨어지던 꽃잎들
꽃의 방향으로 연인들이 몰려다녀요

당신의 집 울타리 너머에 왕벚나무를 심었어요
정원을 가꾸는
풀빛 물든 당신 옆모습을 볼 수 있도록
키가 크게 자랄 겁니다

은하수가 기울고 눈이 내려요
편지를 완성하지 못한 사람들을 위해
봄에 눈이 오는지
문장에 골똘한 당신 미간은 희게 빛나겠지요

하얗게 밤이 날려요
마음 한쪽이 방향 없이 내려앉고요
접힌 것을 펼치면 모두 한곳인 종이 안에
나는 오래 남아 있어요

접힌 자국이 깊어 가만히 펼쳐 둡니다

# 옴 샨티

머리를 수그리면요
머리카락은 뿌리 같아요
샴푸를 마치고 순해집니다
조아려집니다

생각이 많아져 머릿속이 어수선합니다

동그랗게 몸을 말고 앞뒤로 구릅니다
납작해지는 바닥 나마스떼
잘못 없이 어지럽고
뒤섞인 얼굴로는 변명이 힘듭니다
나를 튕겨 내는 바닥 나마스떼

이유도 모른 채 밀려난 날
그 자리의 나는 참 열심이었는데요
홀로 남아 돌아본 둘레는 텅 비어 있어요

죄 없이 구릅니다 내 곤궁을 사하여 줄 때까지
나를 보여 주려면 얼마나 더 굴러야 할지
잘 구르기 위해 구릅니다

—　　　모난 곳 없이 동그랗게 단단해지도록

　　　　힘을 가진 사람들은 거대한 나무 같지요
　　　　부딪혀서 내내 그늘입니다
　　　　뿌리는 그들만의 방식으로 커집니다
　　　　단단히 엉켜 있고요

　　　　매일 구르고 매일 머리를 감습니다
　　　　나를 끌어안고 쓸어내립니다

　—　　　*옴 샨티(Om Shanti): 나를 위한 평화.

# 나눌 수 없는 기분

네가 멀리서 미끄러진다
바깥을 잊은 이곳의 난 캄캄한 어둠인데
네 기분은 한파 속이라고 한다

나보다 깊이 빠지는 넌
날개를 퍼덕이며 날씨를 만들어
때아닌 눈을 보내오는 너
모르는 게 없어 이곳의 기분을 잘 알고
방향 없이 눈을 굴린다

짐작으로부터 앞질러

과녁이 된 사과를 모르고
발목을 잃고 무리를 떠나는 새를 모르지
오래 울지 못해 죽음이 된 긴 잠을 모르고
새로운 시작을 꿈꾸는 끝의 세계를 잊어버린 것 같아

우린 같은 이름의 다른 곳에 서 있고
네 지레짐작에 난 바닥없는 아래로 내려앉는데

네가 보낸 눈이 녹지 않고 쌓여 가고 있어
나는 실패하고 금이 가는 중이지
다가올 한기가 두려워

흩날리는 다정이 뭉쳐지지 않아
커진 날개가 부러지고 깃털이 검게 번지는 네 하늘을 봐
네 눈이 멈추는 날
함부로 눈을 굴리지 못하는 날

쌓인 눈 속에서 여전히 서로의 발목을 꺾는 우린
빙하를 넓히지 혹한의 극지를 떠돌지

# 오후 세 시의 수프

둥글게 몸을 말고 파고들지
체온을 나눈 우리는 같은 꿈을 꿔

그곳에서 너와 보낼 오후가 생긴다면
새를 돌볼 거야
서로를 견디기 힘들 때가 있을 테니

구름 속 새를 꺼내려다 빛에 찔리기도 했어
무지갯빛 털실을 뱉고 호롱호롱 우는 새
죽은 고양이는 티티새로 환생을 한다고 했지
얼굴빛이 검은 수사는
잠든 나를 깨워 새의 말을 가르쳤지
휘휘 저을 거야 맴도는 후렴구를

우린 어디쯤에서 차갑게 식어 갔을까
날 수 없이 쇠약한 때가 있었지
창에 긁힌 비명을 새기며

마주 선 누군가를 알게 되는 일은 말야
함께 울면 더 가까워지는 것처럼

—

네 중심에 닿는 일

뜨겁게 수프를 끓였어
더디게 식을 수 있게
오후가 필요해

오늘처럼 볕이 좋은 날
마르스 공원에서 낮잠에 빠질 거야
내 겁쟁이 고양이 나나와 함께
이국의 문양이 몸에 배도록 누워
알 속처럼 항아리 속처럼 둥글게 만 채
일생을 이해할 거야
좋은 게 좋은 거니까

낮잠은 나른하고 고양이는 오후를 핥고

—

# 내가 너를 아는데

—

나눠 갖는 별명이 있지
바꿔 불러도 잘 어울리는 우린
친한 사이니까 괜찮아
잘 아니까 표정만 봐도 아니까

우리가 모르는 사이에는 무엇이 있을까

네가 던지는 공은 특별해 보여
긴 치마를 좋아하는 넌
번번이 공을 놓친다

네 취향이 불편한 건 내 사정이다
낯설어지면 우린 이름을 부르면 된다

닮지 않아 다른 게 많아 다행이야
이해가 두 손을 맞잡게 하니까

치마 둘레엔 펼쳐진 공중이 많아
어떻게 던져도 공은 빛나니까
튕겨 나가도 결국 되돌아오니까

—

그럴 줄 알았어 똑같이 웃는다

지나간 네 봄을 알지 못해
쏟아지는 비를 맞고 선 이유를 묻지 않았다
내가 너를 아는데

내 서랍 속 바스락거리는 이야기에 너는 관여하지 못한다
구겨진 일기장의 얼룩을 알지 못하고
너 없이 달려간 저녁의 등이 뜨거웠던 것을 말하지 않겠다

그래도 우린 함께 걷는다
그림자가 연인처럼 보인다
그들이 우리를 모르듯
우리는 서로 아는 만큼 모른다

# 내 상냥한 표정은 습관일 뿐이고

골목을 지나던 구름이 창을 두드렸다
주머니가 불룩한 그가 길을 물었다

내 상냥한 표정은 습관일 뿐이고
문틈은 저절로 벌어지기도 하는데

방심한 사이 그가
날카로운 번개를 꺼내 내 목을 겨냥하는데

아득해지는 한낮

그를 제압하는 상상을 했다
손목을 꺾어 번개를 떨어뜨린다면
거대한 그를 지붕 위로 끌고 갈 수 있다면
모래바람을 불러와 사막 끝으로 날려 보낼 수 있다면

비루한 손보다 새된 비명보다
친절을 무기로 나를 시험해 보지만

검푸른 구름은 숨을 쉴 때마다 갈라진 소리가 났다

어디까지가 몸의 끝인지 크기는 알 수 없고
얼마나 많은 암흑을 삼켰는지
찔리면 끈적한 검은 폭우가 쏟아질 것 같은데

가려진 해를 보고 싶을 뿐이고
모든 궁리는 나를 향해 있는데

누군가 온다면 와 준다면

나를 찾는 은혜로운 발소리는 들리지 않고
친구가 올 거라고 했다 신고하지 않을 거라고 했다

어수룩한 구름이 날을 거두었다
그가 골목을 돌아 나가고 바람이 휘돌았다
창틀에 낀 검정 비닐이 오후 내내 펄럭였다

# 접힌 곳은 자꾸 접혀 아프고

누가 시킨 일도 아닌데 나 아니면 안 될 것 같아요
이런 중독 번번이 우울해집니다
모른 척하는 일은 어려워요
좋은 사람이 되는 것처럼 멀고요

내 역할은 신스틸러의 그림자
주인공이 된 적은 없어요
그늘 안에서 불려 나갈 때만 실루엣을 가질 뿐
엄마는 그런 나를 훌륭한 중재자라고 했지요

문장이 자주 끊어집니다
페이지를 찢고 함부로 구겨 버리고 싶은 날
헝클어진 채 명랑한 얼굴로

캐릭터를 따라 그리다가 잔혹동화를 만들고
애틋해지다가 착해져 버리는 슬픔
힘주어 그은 낙서 안에 나는 갇힙니다

사방은 투덜대기 좋은 벽이지요
돌아앉은 사람들은 먼저 손을 내밀지 않아요

—

토라진 말들을 가만히 들여다봅니다

펜 소리가 사각사각 나를 토닥입니다
다음 그다음 페이지는 조금 나아질까요
접힌 곳은 자꾸 접혀 아프답니다

새 노트를 삽니다
예쁘게 반듯하게 처음이 되어
모두가 좋으면 좋겠습니다

—

# 둥근 방을 꿈꾼 적 있다

스물은 꽃 아래 여우처럼 환하고 천진한 난민처럼 웃는다
향기를 입에 문 붉은 잇새의 부러진 가지들이다
맛과 향이 부풀어 오른 기억을 따 먹는다

오월의 포도나무에서 물비린내가 났다
낯가림이 심한 포도 새순은 붉었다고 기억한다
방 한 칸을 꿈꾸는 스물의 시선은 멀고도 가까웠다

강줄기를 바라보면서 오필리아를 떠올렸다
그때 우리는 동시에 물로 뛰어들었던가
포도 꽃가지를 안은 우리는 물결 위에 몸을 뉘었다
상실은 멀리서도 크게 보인다

포도밭은 침수 직전이었고 이제 막 형태를 갖춘
여린 포도송이들이
솎아져서 떠다니고 있었다
집을 잃고 떠도는 우울조차 내 것이 아니었다

포도 맛을 결정하기에 우리의 혀는 까다로웠다
정착지를 꿈꾸며 떠도는 방들

꽃향기가 전부인 세상은 어디에도 없었다
죽음뿐인 검은 마을에서도 열매들은 새로 태어났다

혼자가 두려운 심장들이 흰 미사보에 싸였다
우리는 이제 농익어 단맛으로 울기로 했다
여우들이 먼 꽃으로 자라며 울음의 방으로 익어 갔다
이파리 아래 들썩이는 포도의 기척들
세상의 숨겨진 방들이 포도를 부추긴다

# 폭설 카페

혼자라는 말은 먼 설원으로부터 온다
한파가 있었고

어떤 예감처럼
네 등 뒤로 눈이 쏟아진다
너는 폭설을 모르고 전조는 좋지 않다

카페의 문이 열릴 때마다 눈이 들이친다
익숙한 한기가 우리를 돌아보게 하고

금방 묻혀 버릴 발자국을 따라 눈밭이 펼쳐진다
우린 흰 눈 위로 쏟아지는 빛이
침묵을 어떻게 견디는지 보고 있을 뿐이다

보호구역을 벗어난 야생동물처럼 시선이 멀다
뒤로 펼쳐진 적막은 아득해서 가늠하기 어렵고
눈 뒤의 시간은 얼마나 차가울까 생각한다

멀리 다른 무늬의 발자국을 남기는 나란한 우리가 보인다

폭설이 말을 덮고 온기를 덮는다
카페 안으로 흩날리는 눈


두 손으로 컵을 감싸면 무엇이든 괜찮아지는 마음
컵 안에서 눈이 녹는다


거품이 입술에 닿고 출구는 너에게 닿아 있다
비슷한 눈사람들이 들어서는 설원


감춰진 발을 비비고 팔짱을 놓쳐도
기대고 싶은 믿음처럼 눈사람처럼
서로를 돌아볼 수 없어 앞만 보는 우리는


쌓이는 눈만으로 우린 사라지지 않아
내내 폭설 속이다

제3부

# 아이스크림과 라이딩

강변에 속도가 있다
빠르게 휩쓸리다가 잠시 느려진다
멈춰지지 않는 것이 있다

아이스크림을 먹는다
서둘러 먹는 혀와 참지 못하는 웃음

흐르는 것은 동시에 무릎을 낮추게 한다
땅에 닿기 전의 단맛을 위해
우리는 멈추는 것을 모르고

어제의 햇살은 뜨겁고 아이스크림은 녹는다
너는 점점 사라지고 막대만 남아

길 위에서 우린 여전히 나란하고
어디서나 속도를 시작한다

2인용 자전거가 외발자전거를 앞질러 간다
균형이 무너지는 일은 흔하다
내가 외발로 흔들릴 때 기대었던 네 공중이 나를 나아가

—        게 한다

세상은 누군가 사라져도 잘 구른다
버킷리스트를 다 채우고도 죽지 않은 난 목록을 추가한다
나는 너를 향해 구른다 거꾸로도 간다

입가의 단맛을 오래 앓는다
신열을 가라앉히던 지난겨울의 아이스크림은 녹지 않고
손을 뻗어도 막대에 닿지 않는다

한 줄 햇빛으로 네가 다녀간다
닿지 않는 빛 가운데 네가 있다

심장이 더워지도록 페달을 밟는다
끈적이며 달라붙는 다디단 환영

혀끝에 맴도는 너는 다정하고

—

# 그림자 길들이기

그는 해체되어 회전문 안에서 배양되었다
난산 끝에 거대한 그림자를 낳았다
다리만 긴 그 희귀 곤충은
얼마 남지 않은 남자의 살점을 뜯어먹는다

끈질기게 달라붙어 몸을 휘감는 불편한 동거는
빛이 없어도 계속되는데

그늘에선 서로가 경계를 푼다
발이 많은 그림자끼리는 쉽게 들키고 몸을 키우며
한 번에 멀리 뛰어오른다

주차장에 웅크린 불안과 비둘기의 잘린 발
벤치 위에 구부린 잠을 끌어와 거미처럼 공중을 넓힌다

한낮에도 햇빛 아래를 활강하는 곤충은
겁 없이 몰려다니는 아이들 같아
빛에 녹아 버릴까 걱정이 되기도 하는데

남자가 밥을 먹는다 혼자가 아니어서 수저를 건넨다

보이지 않는 손이 젤리를 굴리고 흔들흔들 찰리 푸스를
듣는다
서로의 이름을 부르며
어깨를 내주고 발을 맞춘다

햇빛 아래 그림자가 걷는다
내일을 모르는 남자를 업은 채
분리불안을 앓고 있다

# 구름 속으로 발을 넣었다

남자는 오랫동안 공중을 읽어 왔다
성공 또한 해지도록 읽었다
눈이 짓무르도록 한곳만 보았다

베란다 창에 몸을 기댄 채
시선을 멀리 두면 가진 게 많아지는 것 같았는데

먼 산 너머 구름만큼 부푸는 신발을 갖고 싶어
꽉 낀 구두를 벗어난 젖은 발은
건널 곳이 많은 발은
희고 아름다운 맨발은

남자가 뛰어내렸다
앵두의 목이 길어지고
흰 손들이 한꺼번에 펼쳐져 그를 받아안았다

가벼워 얇은 잠처럼 쉬이 찢어지는
닿을 듯 말 듯 허공에 잠긴 저 꽃잎은
땅에 닿지 못하고

제 것이 아닌 허물을 나눠 가질 수 없어서
방향 없이 흩날리는데

꽃부리가 놓아 버린 맨발 위로 앵두 꽃잎 내려앉고

추락인지 비상인지 알 수 없어 비가 내린다
벌어진 입이 울음인지 웃음인지 알 수 없어 꽃잎 진다

무른 흙 위로 둥근 꽃무덤이 젖는다
저 떨궈진 꽃잎들은 머지않아 붉은 생을 일으키겠지

그는 오늘 한꺼번에 많은 잎을 떨궜다
팔다리를 잃었으므로 꿈을 셀 수 없다

우는 것들의 한기로 봄이 느리게 지나갔다

## 우리의 잠시는 푸딩 같고

문구점 주인이
잠시 놀다 가라고 했다

안채로 연결된 문엔
허리가 잘록한 노랑머리 인형과
신검을 든 아더왕 딱지가 걸려 있었다

종이 왕은 손안에서 종이칼을 휘두르고
그렇게 난 해 질 녘까지 놀 수 있을 것 같은데

그가 낮잠을 자자고 했다
길을 하나 건너왔고
풀을 사러 왔을 뿐인데

초록 뚜껑의 물풀을 든 채 작은 마당을 지나
아저씨와 아더왕과 나
셋이서 누워 눈만 끔뻑이던 낮잠

감기지 않는 눈 큰 인형들의
납작한 오후

—

심심하고 지루해지는 바닥
한낮의 긴 침묵은 바싹 말라 가는 푸딩 같고

각지고 반듯한 격자무늬와 귀퉁이들
천장 모서리를 끌어와 창끝에 맞추면 어떤 모양이 만들
어질까
우리의 잠시는 말랑하고 곧 터질 것 같고

물풀은 어느 곳에서 흔들리고 있는지
교회 종소리는 길 위에 화창한데

뚜껑이 열리고 상자 속으로 들어오는 손
바닥에 붙어 있는 우리는 한꺼번에 뜯기고
정원이 꾸며진다
작약이 열리고 연못 속에 붓꽃이 흔들리고 덩굴장미가
매달린다

연못 위로 왕의 정원이 복원되고
진열대 위 나란히 누운 우리는

눈 뜬 채 잠들어 있었다

# 찾아가는 물

一    긴 비가 끝나고도 소리는 멈추지 않는다

아랫집에서 물이 샌다고 한다
잠결에 들리는 희미한 물소리

흔들리는 바닥 구멍 난 바닥
발아래
아득한 발아래
낯익은 거실이 보인다

등 돌리고 앉은 아이가 있고
잠든 아빠가 한 번도 깨지 않는 방

아빠 비가 새요 아빠
우린 멀어지고 있어요

칠월은 틈이 많고 비가 오고 있다
짓무르는 복숭아가 검은 초파리를 뱉어 내고

_    너덜거린다는 것은 말을 잃어 가는 걸까

선풍기가 고개를 떨며 돌아간다
가라앉지 못하고 떠오르는 것이 있다

아빠는 잔잔하군요
나는 적당히 담길 수 있을 것 같은데
그곳이 먼저 사라질 것 같아요

아빠를 찾아가는 물이 있다
내가 벌린 틈 사이에 나는 떠 있고

누군가는 잠긴다
흘려보내는 것이 있고
흩어지면서 사라지지 않는

빗소리가 잠을 부르고
한 겹 한 겹 벽지가 떨어진다
하얗게 드러난 여름이 웅크린 채 마르지 않고 있다

## 오늘은 혁명가

—

내가 알던 그녀가 오늘은 다르다

천진한 아이의 눈동자
아침 인사처럼 다정히 건네는 첫말이
듣고 보니 욕이다

래퍼처럼 박자와 라임을 갖췄다 말의 퍼즐을 뒤엎고 까
르륵거린다
허공을 향해 던지는 몽환의 언어들
나는 비교적 그녀의 근황을 잘 안다

비장한 표정의 그녀
오늘은 체 게바라다

아파트 입구 철제 벤치에 앉은 그녀처럼
나는 목을 세운다
내 턱시도는 근엄하고 그녀 또한 진지하다
선봉에 선 듯 앙다문 입술
양팔을 낀 채 나팔수 없는 의장대의 사열을 즐긴다

—

한 무리 작업복 차림의 남자들이 지나간다
짐작과 호기심이 힐끗거린다
감춰진 웃음들이 어깨 위에서 들키고 있다

바닥에 꼬리를 친다
발목을 까딱인다
추임새가 비슷한 우린 간간이 우호적이다

위태롭게 쌓인 검은 마대 자루 뒤로 낙엽이 흩날린다
풍경 바깥쪽으로 여자가 기울고 난 햇빛 쪽으로 기운다

슬리퍼를 신은 희고 건조한 맨다리
두꺼운 오버핏 점퍼 옆구리로 삐져나온 총구
그녀가 혁명을 꿈꾸는 일은 마땅하다

# 가위손

주머니에 넣기에 크고 많은 그것은
녹슬고 헐거워 자를 수 있는 것이 없어 보인다
익숙한 행동은 거침이 없고

신문을 자른다
사건과 사고를 확신과 결심을 스크랩한다
가족사진과 신분증 지폐를 자르며 걷는다

세상은 낡은 것을 견디지 않는다
병든 발은 거꾸로도 걷는데
모든 발이 건강해야 한다고 망가진 몸을 거둬들인다

집을 잃은 가위가 부러져 구급차 안을 뒹군다
뾰족하게 튀어나와 흉기가 된다고 남은 발을 꺾는다
녹슬고 패인 고철은 보이지 않는 곳에 차고 넘치는데

헛발질이 잦다
갈아 내고 연마해도 잘라 내지 못하는 것

생각만으로도 쉬 부스러지는 어머니

그가 거대한 그늘의 발이 되어 어머니를 쫓고 있다

잘려 나간 것들이 몸을 키우며 온다
누구도 읽어 주지 않는 그를 잠재우려 한다
올라타서 짓누르려 한다

나도 그처럼 몸을 키우며 다가오는 내일에 자주 눌린다

노쇠한 가위가 걸어 나온다
인식 가능한 마그네틱이 손상된 채
자르고 남은 몇 줄 기억을 도려내고 있다

# 드림 컬렉터

—    너는 방심하면 뺏기고 마는 꿈들로 살을 찌운 것 같아
자고 나면 왜 꿈이 생각나지 않는 건지

고양이를 껴입어
뚱뚱한 네 개의 발이 생겨나
담요 속으로 파고들지

자세를 배우지 못한 아이처럼
가족 바깥에 숨는 아이처럼

창과 창 사이에 누워
되비치는 여럿의 나는
반사되거나 해체되거나 생략된 채 흐르지

꿈은 태양에 가까워도 불붙지 않아
삐딱한 인간의 기분을 참아 주고 있지 느긋하게
다시 태어날 준비가 돼 있는 것처럼 거만하게
어쨌든, 난 고양이

—    그림자를 두고 달아난 술꾼의 뒤를 쫓고

마녀의 눈에서 강물이 흐르기 전에 그녀를 재워야 하지 　　　　—
분주한 잠이 밤과 낮을 뜯어먹고 있어

키워야 할 꿈을 정성껏 핥지
젤리클 젤리클 닿을 듯 말 듯 미끄러지는
발톱 끝에 묻어나는 희미한 꿈을 긁어모으지 다음 생을
위해
쾡한 새벽의 눈꺼풀을 열고

낮게 가지 물고 가지 흐르며 가지 문득 치솟아 교란시키지
유선형의 우린 물컹물컹 잠들지 않는 창
매일 실패를 연습하지

# 조난

一
걷지 못하고 침대에 누워
둘 곳 없는 시선을 천장에 둔 그는

복도는 길고도 지루하지
벽들은 이어지고 생겨난 문들은 온기라곤 없지
장식 없는 창고형 매장처럼 간략하지

선택의 여지라는 것
복도에서 헤아리기엔 이미 늦은 거지만
복도는 복도일 뿐

해체될 몸을 노리는 뱀처럼
복도로 이어진 방은 그를 삼키고 조만간 뱉어 놓을 때까지
그는 자신을 모조리 잊어버릴지 몰라

복도는 반복되지 방을 데리고
복제되고 번식하지 꼬리를 물고
불안의 모서리를 일으켜 세우지 머리를 쳐들지

—
포기한다는 것

첫인사도 없이 그를 맡기는 것
차가움에 빨리 온도를 맞추는 것

압박스타킹을 신은 흰 발들의 행렬이 있었고
난산 중인 개구리들이 배를 부풀렸지
공중을 가르는 금속성의 시린 손바닥들

기댈 곳이 없는 그는
끝날 것 같지 않은 음침하고 습한 터널을 지나며
잘려 나간 또 다른 그를 찾는데
두드릴 문이 많아 닳고 멍든 손목

지나가야만 닿을 수 있다는
도착하지 않는 저편이 멀어지고 있다

# 잠이 필요합니다

오후가 흔들립니다
밀린 잠으로 졸음은 무겁고요

호수를 좋아하는 엄마는
저녁을 믿을 수 없다고 했어요

아빠의 긴 잠으로 엄마는 잠들지 못합니다
호수 가운데 갈대 섬에선 밤을 잊는다고 했어요

엄마는 더 흐려졌습니다
맥심커피에 꿀을 넣고 말을 잃었습니다
부쩍 희어진 머리가 구름 같습니다
18층에 둥둥 뜬 채 호수 위를 오갑니다

갈대를 둘러싼 물비늘은 나른해서 눈이 감겨요
불러도 돌아보지 않는 엄마

두고 온 엄마를 찾으러 간 물가에서
어둠을 풀어놓고 사라지는 해를 보았습니다

엄마를 많이 가진 호수가 느릿느릿 깊어집니다
집으로 돌아오는 공중이 흔들립니다
두고 온 아빠 생각으로 빈방을 채우는데요
차고 무거운 천장과 바닥은 검게 웅크려 있어요

아빠의 그늘을 지웁니다
손을 놓친 웃음이 일렁이고요

엄마는 저녁이 되었습니다

# 밤의 푸른 몽타주

ー

여자는 벽을 보고 서 있다
검은 모피 코트 밖으로 빠져나온 에스닉 패턴 원피스
하얀 종아리는 인형의 것 같고

슬리퍼를 신은 채
숫눈의 고요를 서서히 밟는다
달빛 환한 적막을 나직이 응시하고 있다

그녀의 말들은 나긋하다
폭우가 잦은 계절엔 허공을 향해 목청을 내지르며
일인극을 즐기는데

나무 뒤에 지켜보는 그림자가 있다
안개 짙은 절벽에서 본 듯한
첨탑 안 어둠을 찢는 여인의 비명 소리
마녀의 누명을 지우는 주술이 이어지고 무대는 손톱자국이
어지러운데

말의 발이 우글거린다
갈라진 흙벽 사이로 배어 나오는 말

모습을 감춘 비밀은 아름다워
윤곽을 지운 괴괴한 달빛이 일렁이고

어느 먼 곳에 정박한 검은 목선을 향해
북풍의 뒤를 밟는 밀항자처럼 죄를 탐하듯

소리 없는 암호를 나르는 여자의 뒤를 밟으면
수런거리는 그림자들의 푸른 몽타주가 펼쳐지고

빈 벽
길게 드리워진 실루엣
벽을 타고 여자가 눈처럼 내린다

# 햇빛도 그늘이 됩니다

ㅡ

　그늘입니다
　녹지 못한 마음이지요
　눈을 품어 환합니다

　얼음이 녹고 있어요
　사람들이 내 안에서 휘청거려요
　기댈 것이라곤 차츰 몸을 덥히고 있는 씨앗들의 품인데

　저기 한 사람이 무릎을 꿇어요
　뜨거운 눈물을 흘리죠

　묘원의 찬 인조대리석에 기대어 눈을 감아요 나처럼
　기도 중인 성모상처럼 나란한 그늘이에요

　온기로 환했던 시간에서 벗어나지 못하고 있어요
　깊고 넓어서 기대기만 했는데

　햇살이 거실 깊이 들어온 오후
　아버지가 느릿느릿 체조를 해요
ㅡ　거실 바닥에 노쇠한 나비의 너울거리는 춤이 아지랑이처럼

일렁이죠

  추위가 싫어 해를 데리고 다녔죠 업어 주기도 하고요
  그늘은 점점 짙어집니다

  그림자를 삼킨 노인을 해가 품습니다
  햇빛도 그렇게 그늘이 됩니다

# 크리스 크로스마스

一

웃음에 속도가 붙으면 울음이 되지
아이가 아이를 업는다고 엄마가 되진 않아
아들을 처음 본 엄마처럼 다정하게 놀아 줄게

넷이서 손을 잡고 빙글빙글 돌지
커지는 원심력으로 우린 완벽히 즐거워
손을 놓치고 끊어지는 동그라미
나동그라지는 오후
이 불행은 누구 탓도 아닌 세상 모든 누나의 탓

네 뒷머리에서 흐르는 피를 봐
비밀이 생기면 산타가 오지 않을지도 몰라
완벽한 메소드 연기를 위해
머리가 바뀐 형제의 이야기는 역작이 될지도 모르지만
호러물을 생각하기엔 우린 아직 어린 편
편먹고 대들면 쫓겨나는 편

메리 크리스마스
성별을 알 수 없는 발목들이 매달려
목이 달랑달랑한 분홍빛 오너먼트

_

상자를 열면 있었던 선물이 하나씩 사라지고 없는 꿈

오로지 하나뿐인 선물이 대문 바깥에 있어

눈 덮인 마당을 지나 눈 덮인 안방 눈 덮인 머리맡에서
우린 후후 눈을 불어
잠든 너를 발견하고

귀여운 아가야 눈을 떠 보렴
너를 기다리고 있는 것이 뭔지 눈밭으로 나가 보렴

은빛 구유 속에 넌 아름답구나
예물 따윈 없는 빈손이지만
같은 엄마를 가진 우린
같은 멜빵바지를 돌려 입는 우리 흔한 여자아이 셋

사람들이 나만 보고 있다는 상상을 해 봐
주목을 받는 일은 얼마나 오싹한지
빛나는 저 구유는 내 것인 적이 없고

크로스 크로스

산타크로스

빙글빙글 돌며 꿈꾸는 크로스마스

제4부

# 보이지 않는 나무

나무에겐 나무가 없다
라쿤은 라쿤을 모르고
움직이니 살아 있다
피가 고이는 쪽이 있다

먼 곳의 하울링
귀를 세우고 키를 키운다
숲이 없고 오소리가 없고 사람이 있다

모아 둔 햇빛 조각이 아직 남아 있다
철제 골조를 품은 거대한 벽과 벽 사이

몇 달째 흔들고 있다
야생을 향해 도는 라쿤과 오소리다
강과 숲을 반복해 오가며 꿈을 파먹고 있다

사막을 모르는 사막고양이가 바싹 마른 가지에 오른다
쩍쩍 그늘이 갈라지고 있다

보기 좋은 것들은 손을 탄다

— 갖고 싶은 마음이 타들어 간다

제 몸집만 한 덤불과 습지 냄새
서 있는 것만으로도 모래바람이 온다
나무는 나무를 꿈꾸고

중정 안으로 바람이 고이고
유리에 굴절된 나무와 나무가 돈다
꼬리를 치켜든 야생이 빙빙 돈다
발톱 없이 앞발을 세운다

사각 정원을 채운 사각의 하늘
사각의 빛과 빛줄기들

가짜 같고 진짜 같은
향을 잃은 은목서가 제 그늘을 벌려
마른 태(胎)를 묻고 있다

—

# Salon blue

산책하기 좋은 날
푸른 스카프를 둘러요
따뜻하게 목을 감싸요
화가 치밀어 오를 땐 두건이 되기도 하죠

모닝 펌 할인되나요?
머리부터 잘라야겠군요

경계가 되는 부분을 조입니다
목이 달랑달랑한 닉처럼 위태롭습니다
첫 직장인데요

잘린 머리에서 말이 뭉클뭉클 쏟아집니다
스태프가 부지런히 쓸어 담고 디자이너가 커피를 권합니다
살롱은 심심할 틈이 없지요
책처럼 펼쳐져
입에서 입으로 건너가는 중입니다

쉴 새 없는 생각이 잘립니다
스카프를 두르고 스태프가 됩니다

알아서 비를 듭니다
성실해 보이는 이 열정은 클수록 상심이 커요
강매당해 산 도구가 산더미여서 부자 같아요
미래는 잘 풀릴 거라고

헤어롤을 말아요 말려들지 말아요
부풀던 거품도 사그라듭니다 두피를 비틀어요
머리칼 안으로 어제의 숲향이 지나갑니다
그대의 내일이 향기롭도록

산책을 해요
목을 조여요 스카프를 날리며
화창하게요

*목이 달랑달랑한 닉: 해리 포터 시리즈에 등장하는 유령.

# 끝을 모르는 무대

미끄러지는 중입니다
슈즈는 마르지 않고 햇빛은 우리를 가두지 못하죠

양 날개를 펼쳐요
통통한 입술을 붉게 긋습니다

흔한 것들은 눈에 띄지 않아 몰래 날을 세우기 좋지요
물처럼요

쉽게 물들지요
한창때의 소녀처럼 불길해요
반짝이는 옹딘의 무릎을 보세요

휩쓸리고 터집니다
가지 못할 곳이 없어요

정박한 배의 밧줄에 매달려 있어요
죽음이 필요합니다
곧 흉포해질 예정이에요
밀려듭니다 흰 손목들이 뭍으로 기어오르고 있어요

—

오늘의 무대는 발을 찢기 좋아요
제자리에서 멈추지 않을 작정입니다
뛰어올라요
풍경이 솟구칩니다

우리는 신의 횃대에 걸쳐진 마리오네트입니까 사악한 마귀
입니까
손아귀가 뜨겁습니다

어제 그 아이를 바다에서 만났어요
해를 안고 있었죠
오래 젖어 있어 달보다 차다고 했어요
잠들지 못할 땐 엉킨 길을 건져 낸다고 했어요 집으로 가는
길을요

잔잔한 것들의 바닥은 알 수 없어요
깨지 못하는 사람의 꿈처럼요
옹딘의 튀튀에 묻은 저주가 보이나요

—

우리의 다정한 인사는 어떤가요

끝나지 않은 커튼콜은요

*옹딘: 사람을 유혹하는 전설의 물의 요정.

# 서성이는 잠꼬대

— 뜯어진 실밥을 흘리며 걷는다
길게 슬리퍼 끄는 소리
달 아래를 배회해
부어오른 달 기울어진 달 돌아앉은 달

팔이 몸을 고쳐 입는다
누르면 대답할 준비가 돼 있는 기다림은 하지 않아
어둠 속 과녁이 된 인형을 겨누는 밤

나쁜 꿈을 꾸었구나
악몽이 밤을 좋아하는 건 숨을 곳이 많아서지

아빠는 커다란 어둠의 손을 가졌어
녹슨 대문을 긁어내리지
던져진 것들의 찢긴 목소리가 골목에 번지고

쿵쿵 먼저 달아나는 심장
겁을 삼키며 표정을 감추는 달

— 숨을 곳을 알아 네가 뱉는 유일한 말

안녕이라는 슬픈 잠꼬대

가야 할 곳도 많아
큰 슬리퍼가 어울리는 내일처럼 다 자란 발가락처럼
조금씩 커지는 빛 속으로

누르지 않아도 부르지 않아도
네게 쏟아지던 안부가
터진 솔기 사이로 새어 나가고 있어

멍든 달의 등뼈를 봐 낮을 꿈꾸는 놀이터 같아
고장 난 놀이기구뿐인 실패한 꿈은 끝나지 않지

한기에 떨며 서성이는 안녕이
찬 손을 내미는 밤이야

# 잠재적 작약

입구는 환하고 붐벼서 마음이 놓인다
소문 속 패혈증은 보이지 않고

병은 어디에나 있고 섞이기 좋아하는 나는
호흡기내과로 분류되어 있다

장식용 나무는 죽지 않고
자동 분사되는 숲향은 숲의 것이 아니다
햇빛보다 가벼운 새가 회전문 바깥에 있다

응급실의 발소리는 뒤축이 없다
엉킨 소리가 바퀴와 함께 구르고
침상 위엔 구겨진 얼굴의 흰 작약이 늘어져 있다
나를 보고 크게 운다

모든 작약의 목이 간호사에게 돌아간다
들판 한가운데서 그녀는 비바람을 견디며 만개해 있고

복도의 소란에 내 꼬투리가 벌어진다
구근이 두근거리고 밑동부터 부풀어 오른다

나는 확신한다 내게 오지 않을 불행을 뿌리 깊은 그 믿음을                                    —

침실에 두면 좋은 나무를 알고 있다
산세베리아와 몬스테라 사이에서 내 차례를 알리는 이름이
뜬다
가운데 글자가 기호로 남은 이름
난 바깥으로 밀려난 유해식물이다
침실에 있으면 안 되는

꽃병보다 비좁고 차가운 바코드에 갇혀
빈 뜰에서 나는 한꺼번에 터지고 있다

작약이 운다
작약이 온다
잘린 얼굴이 나를 닮아 있다

                                                                                          —

# 걷는 나무

절며 걷는 나무가 있네
그늘진 옹이가 번지고
다족류의 검은 잎들이 길게 목을 뺀

불길한 노래로 오네
너울대는 꽃 더미를 들추며
나와 함께 공원 둘레를 걷네

촘촘한 가지 사이에 끼인 새의 기척이 있어
뽑힌 깃털 뭉치가
벚꽃과 함께 날리고

나무가 새의 희미한 온기에 기대어
공중을 잃은 날개를 끌어안은 채 걷네

걸음이 위태로워
들썩일 때마다
출렁이며 꽃잎을 토해 내네

꽃잎 자욱한 길

검은 뿌리를 끌며 걷네

부어오른 잔가지를 늘어뜨리고
공원을 도네
숲을 부풀리고 있네

*부어오른 잔가지: 벚나무의 감염병인 빗자루병.

# 떠도는 잠

―
젖은 아기들이 오네
물 위를 떠도는 가방들

아기들의 잠은 가벼워
수초들은 조금씩 몸을 키웠네

물고기처럼 자주 놀라 울음을 잊은 아기들
살이 무른 풀들도 숨죽여 가방을 끌어안았지
바람의 말에 순종하며 가만히 흔들렸지

잠이 닿은 그곳에선
언덕을 쌓고 해와 함께 달리겠지

툭툭 털어 낸 햇빛이 발가락 사이에 고이겠지
네 함성이 무늬를 갖고 이야기가 생길 거야
밤이 오면 달빛에 몸을 말고 자장가를 나누겠지

먼동이 트고 기별은 없고
울음뿐인 몸들이 수로를 헤매네
― 빈 요람이 흔들리네

가방 속 아이들아
지문을 잃고 어둠을 삼키며
얼굴보다 큰 슬리퍼를 끄는 아이들아
세워도 세워도 미끄러지는

껍질을 깬 발룻에서 검푸른 불꽃이 피네
엉긴 부리의 울음을 끌어안으면
노랑 승합차가 긴 조문을 떠나네

*발룻: 부화 직전의 오리 알을 삶은 동남아 요리.

## 도시 엔트족

비대해진 배 때문에 일어날 수 없었다
바닥은 보이지 않고
발목은 시큰거렸다
도시의 한복판에서 그는 자주 발을 헛디뎠다

성공을 향해 불가능은 없다며
출렁이는 잔을 어둠의 끝까지 추켜올렸다

거대한 화환과 함께 몸을 던진 남자는 목초지에서 발견
되었고
사라진 발목에서는 막 자른 나무 향이 났다

옹이가 번지고 속앓이가 심했다
숲이 그에게 숨을 불어넣었다
빼곡한 이파리로 몸을 잠그고
나무 속에서 악기의 내부처럼 오래 울었다

안개를 읽고
비와 함께 허공을 깨우고
모든 번져 가는 것들의 농담(濃淡)이 되었다

뿌리와 뿌리는 닿아 나무는 제 피를 나누고
흙과 흙은 섞여 짐승의 발목을 감싸는데

은신한 남자의 숲이 술렁인다

발등이 파랗게 부풀어 오른 나무가
호수 바닥을 텅텅 울리며 뛰어간다
물이 휘돌아 들어오고
깃을 세운 물고기가 솟는다

능선을 따라 울리며 번식하는 숲
의복을 갖춘 나무들의 사열이 그곳에 있다

봄이 거친 나무껍질에 남자의 푸른 수염을 새기고 있다

# 여름 영화관

一

이 지루함은 모두 젖어 있어 마음이 쓰인다
맑은 날의 기분을 잊은 지 며칠째

관리실에서 호우 특보를 알린다
뚝뚝 끊기며 반복되는 예보
빗물이 쉴 새 없이 창을 핥는다
아래의 아래로 이어지는 생각은 잠이 되고

화면 속의 리포터가 휘청인다
소리와 소리 사이에 내가 끼어 있다
비가 나를 쓸어 담고 있다

빗길 사고로 목숨을 잃은 여자와
어느 건축 설계사의 투신과
팔을 잃은 물류창고 노동자와 함께 나는 영상 속에 있다

점점 거칠어지는 비
재난영화 속에서 우리는 휩쓸리고
사라진 얼굴들은 주인공이 아닌 적 없는데

一

왜 우린 비에 닿지 않고도 흥건하게 젖어 들까
물 한 방울로도 온몸이 젖을 때가 있는데
빗소리가 박수 소리처럼 들린다

영화는 끝나고 결말은 빠르게 잊히겠지
폭우는 견고한 꿈들만 골라내
바닥에 내리꽂는다

성난 물에 휘감긴 이 영화는
흥행에 성공할 것이고
후속편을 데리고 다시 돌아올 것이다

물 안의 손들이 비극을 껴안고 둥둥 떠다닌다
거대한 구름의 검은 발이 수문을 막아섰는지
집이 통째로 수장되고 있다

# 붕어빵 안에는 배고픈 고래가 산다

— 　아이의 웃음에선 생밀가루 냄새가 났다
　접시 위에 수북이 담긴 고기를 자랑하는 아이
　가쁜 숨을 내쉬며 조그마한 얼굴이 웃는다
　콧등을 타고 오른 비음이 아동센터를 울린다

　해를 등지고 앉은 언니는 아빠를 닮았다
　그늘진 탁자에는 표류 중이던 목조선 냄새가 비릿하게
스친다
　구운 생선을 쌓아 두고 살을 발라낸다
　분리된 가시가 외로움을 부추긴 친구들 같아 목 안이 따
끔거린다
　흰 밥 위에 간장을 붓고 또 붓는다
　짜디짠 바람이 입안에 흥건하다

　훔쳐 먹다 만 문어 다리가 납작 엎드린 오후
　건너편 집 아이가 회초리를 견딘다
　튀어나온 등뼈가 쓰리지만 엄마는 버려지지 않는다
　매일 다른 가족이 일기 속에 산다

— 　레이스 치마를 입은 아이가 돈다

까만 유치(幼齒)를 드러낸 아이가 수틀을 벗어난 실처럼 돌고
있다
　귀퉁이를 벗어난 아이들이 둘레를 갖고 색색으로 돈다

　먹어도 먹어도 허기진 뱃구레 속에 고래가 산다
　골목은 높낮이가 다른 파동들이 그려 놓은 바다 놀이터
　제자리가 두려워 아래로만 내달리는 모난 고래들
　풍덩 골목 아래로 제 몸을 던진다

　가라앉은 먼지 위로 고래가 헤엄친다
　팥물 묻은 고래 비탈을 구른다
　천막 아래 등이 굽은 엄마가 붕어빵을 굽는다

# 퍼핀들

이곳은 고여 있고 우린 매일 걸어 들어간다
잘못되어 가고 있는 것에 발을 담그기 위해
해안을 붙들고 있는 파도 같다

숨죽이지 않은 게 없는 오후
슬픔이 눈부시게 흔들리고 있다 물빛은 우리처럼 환하고

검은 해변에서 흰 파도를 골라내 조금씩 바다를 만든다
밀려드는 물그림자를 놓아주는 몽돌들

우린 사라져 가는 연대기
주저앉는 절벽들
파랑이 산란하는 빛으로 만들어진 작은 파편들
극지의 해변을 완성하는 어린 퍼핀들

뼈를 드러낸 물고기는 금방 걷힐 구름처럼 흩어지겠지
무너질 것을 알면서도 우린 재미있고
빈 조개를 쌓아 올리는 사이
세상 모든 친구들이 하나둘 떠나는 섬
우리는 조금 더 퍼핀일 수 있을까

아직 죽지 않은 바다별이 입안에 있다
온기가 사라진 둥지가 천천히 젖어 가는 밤

기다리던 오후를 갈매기가 물고 간다 잠은 사라지고
달이 떠야 할 곳에 부리가 걸려 있다

*퍼핀: 대서양에 서식하는 멸종 위기의 바다오리.

# 마린 스노우

눈(雪)이 된 고래를 보았다
저마다의 날개로 날 줄 아는 고래들

쌓인 눈의 푸른 적막에서
흰 고래의 깊은 잠을 보았다
난 이제야 울 수 있는 눈을 가진 것 같다

들린다 또렷하게
내리는 눈에서 함성이 들린다
흩날리는 목소리는 쌓여도 얼어붙지 않고
숨은 목소리를 들을 수 있는 귀가 자라고 있다

고래잡이를 끝낸 무리들이 바다를 등지고 사라진다
작살은 날개를 찌르고 밧줄은 상처를 벌려
바다를 짜내면 푸른 피가 번지는데

눈이 온다

처음 만난 눈을 받아먹는 아이처럼
바닷속 아이들도 눈의 시간을 즐기겠지

떠도는 별들 주위를 돌며 말간 몸을 빛내겠지

고래가 죽어 눈이 되어 내리고 있다

눈먼 심해어가 꽁꽁 언 아이의 발을 감싼다
아이의 콧잔등에 앉은 눈이 바닷속을 떠다니고
지붕 위로 날아오르는 저 고래들

쌓인 눈은 함부로 밟는 게 아니었다
어제와 같은 눈은 없고 어제와 다른 고래가 있다

*마린 스노우(marine snow): 물 위에 떠다니는 플랑크톤이 바다 밑으로
가라앉는 현상.

# 층을 연결합니다

익숙해져야 합니다
최대한 호흡을 참아요
아랫집이 수리를 합니다

아래를 빼냅니다 신중하게
와르르 무너지면 지고 맙니다
층이 지워집니다

하루가 멀다고 이 집 저 집 번갈아 가며 두드려 댑니다
바닥이 사라진 빈집은 공중에 뜬 일 층 같기도 한데요
내력벽 몇 개로 버티는 공중

층을 연결합니다
젠가를 하죠
서로의 일부가 되어 하나인 채 삽니다
마주하는 불안을 견딥니다

가족이 있어도 무너지고 없어도 무너지는 집
무른 기둥도 벽이라고 애처롭게 버팁니다
같은 허공을 가져서 우린 인사도 없이 익숙합니다

사다리차가 맑게 갠 창문을 싣고 올라옵니다
날씨를 가져오고
높이를 잃은 옥상에선 가끔 젖은 발자국이 떨어집니다
빛은 어디까지 들어와 깊어질까요

이 게임엔 위아래가 따로 없어요
아래가 위가 되고 위가 아래가 되는
아름다운 인지상정이지만 종종 싸늘해지다가
한꺼번에 무너집니다

빈 아래를 향해 참았던 항의를 합니다
소음이 삼켜 버린 것들을 헤아리며
뒤꿈치에 힘을 싣고 바닥을 굴러 봅니다
공중에 뜬 바닥을요

# '나'를 전유한 '너'의 자리

이병국(시인, 문학평론가)

## 새로운 시작을 꿈꾸는 끝의 세계

빛이 짓는 선명한 풍경의 안쪽에는 언제나 그만큼의 어둠이 흐르게 마련이다. 그러나 어둠은 폭력의 이면이나 빛에 의해 배제되거나 소외된 그 무엇이기 이전에 빛에 의해 노출된 존재의 내밀함을 어루만지며 안온함으로 감각되기도 한다. 조효복 시인의 『사슴 접기』를 읽으며 느낀 바는 빛의 온화함과 어둠의 서늘함이 교차하며 재현하는 어떤 안온함의 이미지로 시집이 풍부하다는 것이었다. 물론 그것이 시적 주체가 지닌 정체성의 불안이나 파괴적 고통을 얼마나 오래 궁굴리고 전유해야 가능한 것인지 알 수는 없다. 그럼에도 빛과 어둠을 넘나들며 스스로를 돌보고 과거와 미래를 현재의 좌표로 삼아 삶의 노정을 기록하는 조효복 시인의 시적 응전의 태도가 분명하게 감각되는 것은 사실이다. 이는 "미래를 알 수 없어 뿔을 키우며/방향 없이 몸도 없이" 걷는 "박제된 메아리"를 통해 "벌목된 숲"의 파괴적 형상과 "살아 있는 것 같은 주검"의 영혼의 비참을 시적 주체로 육화하여 우리 앞에 현시하는 데에서 느껴지는 바와 같다(「메아리박물관」). 세계의 폭력과 주체의 불안정성을 상호 교차시키며 폭발적으로 가시화되는 한편 그 안쪽에 흐르는 존재의 고통과 슬픔을 톺는 시인의 시적 수행은 주목할 만하다.

조효복 시인은 "새로운 시작을 꿈꾸는 끝의 세계를 잊어 버린 것 같"은 존재가 삶의 어느 지점에서 "실패하고 금이 가는 중"이라고 느끼는 부정적 감각을 전유하여(「나눌 수 없는 기분」) 비록 "긁힌 자리는 아물지 않"아도 그것을 좌절로 삼기보다는 "길을 잃지 않"고 나아가려는 능동적 주체를 내세워 "해가 없어도/안부가 닿지 않아도/돌아와 억새의 심장을 붉게 물들이며" "온몸으로 허공을 붙"드는 강인한 의지를 드러내는 데 마음을 기울인다(「버드 워칭」). 이를 고된 하루의 끝에서 마주하는 위안의 손길이라고 할 수도 있지 않을까. 물론 시인이 재현하고자 하는 바가 그저 위안에 머물러 있는 것은 아니다. 세계의 양태는 존재로 하여금 "던져진 것들의 찢긴 목소리"만을 지닌 채(「서성이는 잠꼬대」) "비극을 껴안고 둥둥 떠다"니게 만들 따름이라서(「여름 영화관」) 시인은 "잘못되어 가고 있는 것에 발을 담그"고 온몸으로 이를 감각하고 재현하려 한다(「펴핀들」).

그렇다고 해서 조효복 시인이 세계의 폭력을 형상화하는 단순함으로 시를 활용하는 것은 아니다. 윤리성의 차원에서 시적 언어를 희생하지 않는 것이야말로 시적 주체를 무위의 층위에 내몰지 않는 것임을 시인은 알고 있는 듯하다. 비극을 재현하는 데에 집중하다 보면 존재를 무력감에 시달리게 하고 해결할 수 없는 파탄만을 형상화할 위험이 농후하기 때문이다. 시집을 여는 시 「카유보트 따라 하기」를 보자.

화가의 정원입니다
혼자서는 만들지 못하는 소리로 이루어졌죠

그는 투명해진 채 기다립니다
지치지 않고 놓여 있지요 귤처럼요

물방울이 닿는 곳에 소리가 있지요
그곳에서 모양과 색이 생겨납니다
껍질의 기분을 알고 싶은 알맹이처럼
그는 온몸으로 귤이 되기도 하지요

바깥의 소리를 몸에 새깁니다
물그림자 속에 빗줄기를 켜는 화가의 활이 보여요

그곳엔 보이지 않는 물뱀과
아직 태양을 모르는 물이끼와
몸을 흔들 만한 적당한 리듬이 있죠

눈을 감아요
우호적으로 배어듭니다
서로의 뒷모습까지 알 수 있어요

바구니 속에서 귤이 물러집니다
포기하고 싶은 공간이지요
나빠지는 것은 아니에요
잘 섞여 갈릴 수도 있어요
파랗게 몰려다니며 물드는 청귤의 시간이 구름 속에 있어요

세계 바깥으로 흩어지는 과육이란
내리는 비와 같아요

빗방울의 살과 즙으로 정원이 풍성합니다
청량하게 짜낸 햇살이 물을 건너오며
맑은 시트러스 향을 흩뿌립니다

이곳은 비 내리는 예르입니다

—「카유보트 따라 하기」 전문

프랑스 인상주의 화가인 귀스타브 카유보트(Gustave Caillebotte)
는 1874년 파리 살롱에 처음으로 작품을 발표하였으며 다
른 인상주의 화가들과 교류하면서 미술적 지향을 표현해
왔다. 그의 작품은 여타의 인상주의 화풍과는 달리 사실적

이고 차분한 색감을 통해 도시의 일상을 묘사하는 특징을 지녔다. 이러한 그의 작품 세계는 무표정한 도시의 풍경과 그 안에서 왜소화된 인간의 소외감을 그려 내는 데 탁월했다. 인용한 시는 카유보트의 1875년 작「비 내리는 예르」를 소재로 삼는다. 이 작품은 앞에서 언급한 것과는 달리 도시가 아닌 비 내리는 예르강의 풍경을 담고 있다. 강물이 흐르고 너머에 조각배 한 척이 놓여 있다. 몇 그루의 나무는 녹음으로 덮여 있고 그 사이로 희미하게 집이 보인다. 강물엔 빗방울이 떨어져 동심원을 그리고 있다. 평화로운 풍경이다. 조효복 시인은 이를 "화가의 정원"이라고 부른다. 도시에서 벗어나 자연 속에 머물며 "혼자서는 만들지 못하는 소리"를 듣는 '그'는 자연에 물들어 "투명해진 채" 그 무엇인가를 기다리고 있다. 그것은 어쩌면 강 너머에 놓인 조각배를 타고 올 누군가일 수도 있고 "보이지 않는 물뱀과/아직 태양을 모르는 물이끼와" 일체화하는 순간일 수도 있다. 투명하다는 것은 빛이 투과되는 현상일 수도 있지만, 물방울이 그러한 것처럼 다른 존재를 비추며 그 안에 스며들기에 적합한 양태를 의미하기도 한다. 이는 타자와의 접촉을 용이하게 함으로써 교류를 가능하게 하여 새로운 "소리"와 "모양과 색"의 형성을 촉발하는 계기가 된다. 시인은 이를 "바깥의 소리를 몸에 새"기는 것이라고, "우호적으로 배어"드는 것이라고, "서로의 뒷모습까지 알수 있"는 것이라고 말한다.

이러한 관계의 형성은 한편으로 시적 주체의 평화를 해

치는 요인이 되기도 한다. "바구니 속에서 귤이 물러"지듯 타자와의 만남은 주체가 운위하는 공간을 협소하게 만들어 온전한 형태를 지속하지 못하게 만든다. 물론 이는 "나빠지는 것"이 아닐 수도 있다. "잘 섞여 갈릴 수도 있"기 때문이다. 그리하여 "파랗게 몰려다니며 물드는 청귤의 시간"처럼 조화를 이뤄 "세계 바깥으로 흩어"질 수도 있다. 이는 "내리는 비와 같"이 더 넓은 범위를 포괄하게 이끌며 "살과 즙으로" 풍성한 정원, 나아가 "맑은 시트러스 향"이 넓게 퍼지는 공간의 확장을 가져올지도 모른다. 그러므로 "혼자서는 만들지 못하는 소리"는 타자와의 접촉면을 확대함으로써 비로소 지닐 수 있는 삶의 가치일 것이다. 소외된 존재의 고독이 세상 모든 존재의 강력한 연대감으로 전유되는 어떤 고결함으로의 전회. 그것이 어떤 방식으로 구체화될 것인지는 좀 더 살펴보아야 하겠지만, "다른 무엇이 될 그 순간을 기다"리는(「달아나는 밑그림」) 시인이 이 시를 통해 우리에게 전하고 있는 바는 단순히 서정적 풍경을 읊는 것이 아니라 무한한 전체를 향한 밑그림을 그리는 작업으로서 시적 수행을 하고 있는 것이라 보는 것이 옳을 듯하다.

### 뼈대를 잇고 몸을 말려 어둠 속에 서다

그러나 주지하다시피 주체와 타자의 조화 혹은 존재의 연대를 통한 무한한 전체의 지향은 쉬운 일이 아니다. 그것은 자칫 잘못하면 "사각 정원을 채운 사각의 하늘/사각의 빛과 빛줄기들"을 생산하며 조화라는 이름으로 조경된 세계만을 존재에게 강제할 위험을 배태하기 때문이다(「보이지 않는 나무」). 동일시의 폭력이랄 수 있는 이러한 강제는 차이가 무화된 의미 없는 세계 속에서 존재의 불안을 키우며 "밀려나고 숨어 있던 얼룩의 굵은 다리들 무수한 주름들/푹 패인 커다란 발자국"을 은폐하고(「코끼리 씻기기」) "비를 알 수 없고 열매를 믿을 수 없는 날들"을 양산할 위험이 크다(「사과 속으로」).

꿈도 되돌아오는 지점이 있다
속도가 붙은 걸음을 늦추고
가야 할 곳을 아는 사람들이 돌아선다

뒤따라오는 제 영혼이 궁금한 인디언처럼
돌아선다
조금 떨어진 곳에 다리를 끄는 왜소한 내가 있다

캄캄한 교각엔 긁히고 파인 낙서들
의기소침한 암호와 무수한 파이팅과 저주들

우리가 끌고 가는 이 밤은
힘겹고 무겁고 갈라져 속도를 모르는 이 밤은
멈추지 않고 죽지 않고 눈을 뜰 준비를 하고 있다
아침을 두려워하지 않는다

나와

나를 뒤쫓는 나와

보이지 않는 무수한 나는 그림자가 아니었던 적이 없는데


크기를 가늠할 수 없는 밤 짐승이 뛴다

어제를 넘겨받은 지금이 앞을 보고 뛰고 있다


강가에 엎드린 어둠이 숫자를 센다

하나 둘 셋……

아무도 깨지 않는 내일이 오고 있다

―「릴레이」 부분


　여름밤 강변 산책로를 '나'는 걷는다. '나'의 곁에는 "가야 할 곳을 아는 사람들이" 각자의 지향을 향해 걷고 또 뛰고 있다. "가야 할 곳을 갈 줄 아는 걸음"의 자기 확신을 지닌 그들은 기실 "돌아가야 할 길을 만들지 않는" 위태로움에 노출되어 있는 것처럼도 보인다(「우린 아직 웃는 법을 모르고」). 기원을 무시한 채, 혹은 안정의 장소를 거부한 채 앞으로 나아가기만 하는 이들이 도달할 장소가 어디인지 '나'는 알지 못한다. 내처 내달리는 이들도 종종 "제 영혼이 궁금한 인디언처럼" 돌아설 때도 있지만 성찰로 이어지진 못하는 것이 사실이다. 어쩌면 그들은 현대사회가 요구하는 성과 주체로 자리매김하는 것만이 생존을 위한 유일한 방법이라고 여기는 듯도 하다. 그것은 세계의 폭력을 내면화한

채 끊임없이 차이를 무화시키며 자기 존재의 의미를 억압하곤 강제된 자리에 동일시하기 위한 노력만이 최선이라고 여기는 것과 같다. 이는 스스로를 왜소화된 상태로 머물게 하는 것인지도 모른다. 이에 반해 "왜소한" '나'를 자각하는 시적 주체야말로 왜소화되지 않은 존재라 할 수도 있을 것이다. "캄캄한 교각"에 "긁히고 파인 낙서들"이 지닌 "의기소침"과 "무수한 파이팅과 저주들"을 읽어 내는 '나'는 저 앞에 반짝이는 빛 너머에 존재하는 어둠을 응시할 줄 아는 존재이자 빛을 전복시켜 어둠을 위무할 줄 아는 혁명적 주체인지도 모를 일이다.

시인은 "우리가 끌고 가는 이 밤"이 "힘겹고 무겁고 갈라져 속도를 모"른다고 말한다. 언제든 좌절하거나 붕괴될 위험을 지닌 채 그저 내달리기만 하는 존재를 응시하는 시인은 성과를 위해 강제된 자리로 내몰리는 저이들이 "멈추지 않고 죽지 않고 눈을 뜰 준비를 하"며 맞이하는 "아침을 두려워하지 않는" 참혹한 삶을 '나'의 몸에 새겨 슬픔을 대리한다. 그리하여 시인은 내몰린 존재의 아픔에 동화함으로써 "나와/나를 뒤쫓는 나와/보이지 않는 무수한 나"가 "그림자"에 불과한 존재임을 고발하는 것이다. 그렇다고 이러한 시적 수행이 왜소화된 존재를 구원하는 일이 되지는 않겠지만, 무력한 복종에서 벗어나 빛의 폭력을 두려워하며 이에 저항할 계기를 마련하는 데 유의미한 역할을 수행하는 것은 분명하다. "크기를 가늠할 수 없는 밤 짐승"이 "어제를 넘겨받은 지금" 우리의 불안한 모습임을 시인은 섬뜩하게 그려 내고 있는 것이다.

반성적 사유를 하지 못하는 우리가 "발을 떼는 만큼 멀어지는 숲"속에 갇혀 닿지 않는 허상만을 좇는 일로부터 벗어날 방법은 요원하기만 한 것일까(「우린 아직 웃는 법을 모르고」).


혼자라는 말을 접으면 둘이 되고 넷이 되고 점점 단단해지고
밤에 반짝일 줄 아는 나는


무너지지 않는 조형물이 되고 싶었다
뼈대는 약하고 덧댄 말들은 무거웠다
조금만 건드려도 쉽게 흔들리는 결심들


(중략)


작업대 아래 몸이 사라진 사슴이 펼쳐져 있다
가늠하고 뒤돌아보기 위해
여분을 넉넉히 남기고 접는다
초식의 되새김처럼 느리고 단단하게
웃는 사슴의 아랫니처럼 가지런하게


뼈대를 잇고 잘 말린 몸을 세운다
피가 돈다
나는 나를 켠다

—「사슴 접기」 부분

이유도 모른 채 밀려난 날
그 자리의 나는 참 열심이었는데요
홀로 남아 돌아본 둘레는 텅 비어 있어요

(중략)

힘을 가진 사람들은 거대한 나무 같지요
부딪혀서 내내 그늘입니다
뿌리는 그들만의 방식으로 커집니다
단단히 엉켜 있고요

매일 구르고 매일 머리를 감습니다
나를 끌어안고 쓸어내립니다

―「옴 샨티」 부분

"바깥을 잊은 이곳의 난 캄캄한 어둠"이라서(「나눌 수 없는 기분」) "이제 막 불을 켠 저녁의 공방"에서 시적 주체인 '나'는 "외딴섬"과 같은 정동을 어찌하지 못한다. 왜소하고 취약한 존재인 '나'는 "기울게 접힌" 채, "완성이 먼 사슴"으로 놓여 있다. '내'가 놓인 '공방(工房)'은 '공방(空房)'이기도 해서 아무도 거처하지 않는 그 비어 있음으로 인해 "뼈대는 약하고" "조금만 건드려도 쉽게 흔들리"기도 하지만, 한편으론 그 무엇으로도 채울 수 있는 어떤 가능성으로 충만하기도 한 것도 사실이다. 그런 이유로 "홀로 남아 돌아본 둘레는 텅 비어 있"더라도 "그 자리의 나는 참 열심이었"다는 것을 감각할 수 있게 되고 그로부터 스스로를 구원할 수 있게 된다. '나'는 "혼자라는 말을 접"어 "둘이 되고 넷이 되고 점점 단단해"질 수 있다. "캄캄한 어둠" 속에서도 "반짝일" 수 있다. '나'는 불가해한 세계의 강제에 의해 결여된 존재로 전락하지 않고 스스로를 "가늠하고 뒤돌아보기 위해/여분을 넉넉히 남기고 접는" 행위를 지속한다. 그것은 "초식의 되새김처럼 느리고 단단"한 성찰의 사유가 되어 자신의 내면을 응시함으로써 "뼈대를 잇고" 몸을 말려 어둠 속에서 스스로를 켤 수 있게 만든다.

"힘을 가진 사람들은 거대한 나무"라서 자신의 영역을 지키기 위해 외부와 끊임없이 "부딪혀서 내내 그늘"만을 만들어 낼 뿐이다. 욕망과 권력을 탐하는 일은 그 어떤 자기 위안도 줄 수 없으며 오히려 스스로를 부정의의 상태로 유폐시킬 따름이다. "옴 샨티", 자신을 위한 평화는 바깥을 향해 날카로운 가시를 드러내거나 거대한 뿌리로 영역을 넓히는 데에서 비롯하는 일이 아니다. 그것은 "모난 곳 없이 동그랗게 단단해"지는 일로, 머리를 감을 때처럼 몸을 둥글게 말아 자신을 "끌어안고 쓸어내"릴 때에야 가능하다. 조효복 시인은 세계가 강제하는 허상을 좇으며 불안에 자신을 내몰지 않기 위해, 종이로 만들어 위태로워 보이는 삶의 양태일지언정 스스로를 끌어안고 뼈대를 이어 쓸어내리는 행위를 통해 "바닥없는 아래로 내려앉는" 기분으로부터 벗어날 것을 요청한다(「나눌 수 없는 기분」). 그리하여 세계가 요구하는 기능적이고 정합적인 자리가 아닌 "둥글게 몸을 말고" 서로의 "체온을 나"누며(『오후 세 시의 수프』) "서로 아는 만큼 모"르는 채 "함께 걷는" 자리에 우리가 서길 바란다(『내가 너를 아는데』). 이를 (공감의 윤리에 기반을 둔) '나'를 전유한 '너'의 자리라고 부를 수 있지 않을까.

### 저편이 자꾸만 멀어지고 있더라도

둥글게 몸을 마는 일은 "두 손으로 컵을 감싸"는 것과 유사하다. 조효복 시인은 「폭설 카페」에서 이를 두고 "무엇이든 괜찮아지는 마음"이라고 읊는다. "먼 설원으로부터" 비롯된 "혼자라는 말"에 담긴 눈과 한기를 두 손으로 감싸 녹이는 시인의 저 시적 수행은 "서로의 이름을 부르며/어깨를 내주고 발을 맞"추는 일이기도 해서 존재를 품어 연대를 가능케 한다(『그림자 길들이기』). 여기에는 그늘과 그림자를 부정하지 않으며 그 안에 깃든 내밀함에 공감하는 마음으로 충만하다. 물론 이러한 마음은 "눈이 짓무르도록 한곳만 보"며 성공을 향해 내달리지만 결국 "추락인지 비상인지 알 수 없"는 자기 파괴로 귀결되고만 존재의 고통과(『구름 속으로 발을 넣었다』) 문구점 주인의 알 수 없는 요구로 인해 "납작한 오후"가 되고 만 폭력성에의 감각이나(『우리의 잠시는 푸딩 같고』) "가족 바깥에 숨는 아이"가 "다음 생을 위해" "발톱 끝에 묻어나는 희미한 꿈을 긁어모으"고 있는 암울함(『드림 컬렉터』) 등으로 말미암아 언제든 위태로워질 수도 있다. 그러나 "지나가야만 닿을 수 있다는/도착하지 않는 저편"

을 향해(「조난」), 비록 그 저편이 자꾸만 멀어지고 있더라도
지켜 내야만 하는 존재의 윤리임은 분명하다.

이 지루함은 모두 젖어 있어 마음이 쓰인다
맑은 날의 기분을 잊은 지 며칠째

관리실에서 호우 특보를 알린다
뚝뚝 끊기며 반복되는 예보
빗물이 쉴 새 없이 창을 핥는다
아래의 아래로 이어지는 생각은 잠이 되고

화면 속의 리포터가 휘청인다
소리와 소리 사이에 내가 끼어 있다
비가 나를 쓸어 담고 있다

빗길 사고로 목숨을 잃은 여자와
어느 건축 설계사의 투신과
팔을 잃은 물류창고 노동자와 함께 나는 영상 속에 있다

점점 거칠어지는 비
재난영화 속에서 우리는 휩쓸리고
사라진 얼굴들은 주인공이 아닌 적 없는데

왜 우린 비에 닿지 않고도 흥건하게 젖어 들까

물 한 방울로도 온몸이 젖을 때가 있는데
빗소리가 박수 소리처럼 들린다


영화는 끝나고 결말은 빠르게 잊히겠지
폭우는 견고한 꿈들만 골라내
바닥에 내리꽂는다


성난 물에 휘감긴 이 영화는
흥행에 성공할 것이고
후속편을 데리고 다시 돌아올 것이다


물 안의 손들이 비극을 껴안고 둥둥 떠다닌다
거대한 구름의 검은 발이 수문을 막아섰는지
집이 통째로 수장되고 있다

—「여름 영화관」 전문


　제아무리 윤리적 행위를 수행한다고 해도 그것이 개별
적 존재의 범주에 머물러서는 안 되는 이유가 길게 인용한
위의 시에 재현된다. 이 시에서 '비'는 동시대적 비극을 표
상한다. 여름의 폭우가 언제쯤 그칠지 우리는 모른다. 물
론 비가 자연적 현상에 국한된다면 시간이 지나면 그칠 테
지만 그것이 사회적 현상으로 전치되는 순간, 시간이 지난
다고 해서 멈출 것이라 기대하는 것은 헛된 상상에 불과하
다. "맑은 날의 기분"이 무엇이었는지 떠올릴 수 없을 정도

로 "빗물이 쉴 새 없이 창을 핥"고 있는 지금, 비는 우리를 "아래의 아래로 이어지는 생각"으로 내몬다. 침잠하는 존재는 잠으로 도피해 보려 하지만, "화면 속의 리포터가 휘청"이며 전하는 비극적 소식으로 인해 "소리와 소리 사이에" 끼어 휘둘릴 수밖에 없다. 그 소식은 "빗길 사고로 목숨을 잃은 여자"의 안타까움에 멈추지 않는다. "어느 건축설계사의 투신과/팔을 잃은 물류창고 노동자"의 비극으로 이어진 리포터의 음성은 "재난영화 속"으로 우리를 이끈다. 그것이 영화일 뿐이라면 그나마 다행이겠으나 현실은 영화보다 더 참혹하여 즉각적으로 우리를 "흥건하게 젖어들"게 한다. 이미 여러 번 겪은 사회적 참사로 인해 우리는 우리의 생이 그저 그곳에 없었기에 지속될 수 있는 우연의 것임을 안다. 안전망을 제대로 갖추고 있지 않은 세계는 자신의 이익만을 추구하며 개별 존재를 죽음으로 내몰 따름이다. "사라진 얼굴들은 주인공이 아닌 적 없"다. 그러나 각자의 우주는 세계의 층위에서 보자면 소비하고 착취할 대상에 불과하다.

소비와 착취의 대상인 "우린 비에 닿지 않고도 흥건하게 젖어" 버린다. "물 한 방울로도 온몸이 젖"지만, 세계는 자신의 균열과 훼손을 돌보지 않는다. 내몰린 존재의 죽음은 한 편의 재난영화가 끝나면, 모리스 블랑쇼가 이야기했듯 한 번도 공동의 기억 속에 들어가지 못할 것처럼 서로가 서로를 타자화하며 금세 잊혀질 무엇이 되어 버린다. 게다가 "폭우는 견고한 꿈들만 골라내/바닥에 내리꽂"음으로써

유효한 저항조차 말살한다. 더욱 비극적인 것은 이러한 일이 단발적 사건이 아닌 "흥행에 성공"하여 "후속편을 데리고 다시 돌아올", 반복되는 사건이라는 점이다. 그 무엇도 제대로 구축하거나 방비하지도 못한 채 "물 안의 손들이 비극을 껴안고 둥둥 떠다"니고 "집이 통째로 수장되고 있"는 것을 지켜봐야만 하는 우리는 이러한 비극을 견딜 수 있을까.

## 뒤꿈치에 힘을 싣고 바닥을 굴러

조효복 시인이 가시화하는 비극의 양태는 빛에 기반해 있다. 저 '비'는 기실 화려한 세계가 만든 어둠이라기보다는 "파랑이 산란하는 빛으로 만들어진" 무수한 고통의 파편이자 "무너질 것을 알면서도" 삶의 영속을 위해 "빈 조개를 쌓아 올리는" 과정에서 경험하게 되는(「퍼핀들」) "어제의 햇살"에 가깝다(「아이스크림과 라이딩」). 그 빛에 비친 "슬픔이 눈부시게 흔들리고 있"지만 우리가 할 수 있는 일이라곤 "잘못되어 가고 있는 것에 발을 담그"며 비극이 '나'의 일로 전이되지 않기를 바라는 것인지도 모른다(「퍼핀들」). 그러나 고통과 슬픔에 침잠한 채 비극적 주체로 머물러 있을 수는 없는 노릇이다.

시인은 「마린 스노우」에서 "눈(雪)이 된 고래", "저마다의 날개로 날 줄 아는 고래들"을 우리에게 데려다 놓는다. "고래잡이를 끝낸 무리들이 바다를 등지고 사라진" 자리에 다시 시작 가능한 우주를 펼쳐 내는 것이다. 조효복 시인은 고통을 함께 나누며 "울 수 있는 눈"과 "숨은 목소리를 들을 수 있는 귀"를 통해 비극 속에서도 공감의 윤리를 실천하여 절망의 피폐를 견디고 가까스로 가능한 마음으로 눈이 된 고래가 "바닷속을 떠다니고/지붕 위로 날아오르"게 해야 한다고 말한다. 그것은 죽음을 삶의 자리로 옮기는 일이자 "어제와 같은 눈은 없"더라도 "어제와 다른 고래가 있다"는 사실을 기억하며 또 하나의 삶이 온전하게 살아갈 수 있도록 해야 한다는 것과 같다.

"크고 무거운 날들이/물 안에서 가벼워지기를/물 밖의 세계가 맑아지기를 바라는" 마음에는 지난 고통의 흔적을 펼쳐 그 안에 담긴 시간을 매만지는 실천이 요구된다(「코끼리 씻기기」). "예쁘게 반듯하게 처음이 되어/모두가 좋으면 좋겠"지만(「접힌 곳은 자꾸 접혀 아프고」), 그럴 수 없는 것이 현실이다. 그럼에도 "가야 할 곳을 갈 줄 아는 걸음으로/잎을 문질러 어제의 노래를 되살리며" 나아가야만 할 것이다(「우린 아직 웃는 법을 모르고」). 그리하여 절망에 익숙해지지 않도록, 비극에 좌절하지 않도록 "뒤꿈치에 힘을 싣고 바닥을 굴러"야 한다고(「층을 연결합니다」) 조효복 시인은 시집 『사슴 접기』를 통해 우리에게 전하고 있다.